Eli Corrêa

Você é um presente de Deus!

UNIVERSO DOS **LIVROS**

© 2014 by Universo dos Livros
Todos os direitos reservados e protegidos pela Lei 9.610 de 19/02/1998.
Nenhuma parte deste livro, sem autorização prévia por escrito da editora, poderá ser reproduzida ou transmitida sejam quais forem os meios empregados: eletrônicos, mecânicos, fotográficos, gravação ou quaisquer outros.

Diretor editorial: **Luis Matos**
Editora-chefe: **Marcia Batista**
Assistentes editoriais: **Cássio Yamamura, Nathália Fernandes e Raíça Augusto**
Preparação: **Carolina Zuppo Abed**
Revisão: **Rodolfo Santana**
Arte: **Francine C. Silva e Valdinei Gomes**
Capa: **Renato Klisman**

Dados Internacionais de Catalogação na Publicação (CIP)
Angélica Ilacqua CRB-8/7057

C84v

Corrêa, Eli
Você é um presente de Deus! – Orações para tornar seu dia ainda mais feliz! / Eli Corrêa. – São Paulo: Universo dos Livros, 2014.
128p.

ISBN: 978-85-7930-711-9

1. Orações I. Título

14-0167   CDD 242.2

Universo dos Livros Editora Ltda.
Rua do Bosque, 1589 – Bloco 2 – Conj. 603/606
CEP 01136-001 – Barra Funda – São Paulo/SP
Telefone/Fax: (11) 3392-3336
www.universodoslivros.com.br
e-mail: editor@universodoslivros.com.br
Siga-nos no Twitter: @univdoslivros

Índice

Introdução 09
Para a restauração familiar 11
Libertar uma mãe da aflição 12
Livrar-se dos problemas do casal 13
Para libertar a família de problemas no relacionamento 14
Libertação do mal dentro de casa 15
Libertação dos pecados e amarrações 16
Para ter a casa própria 17
Para viver em paz com meus vizinhos 18
Para que nunca falte o pão de cada dia 19
Cura da família em relação à morte de uma pessoa 20
Pelos falecidos: paz aos falecidos e consolo aos vivos 21
Da mãe que espera um filho 22
Para antes e depois das refeições 23
Para libertação do vício do cigarro 24
Libertação da insônia 25
Libertação das dores menstruais 26
Pela saúde corporal e espiritual 27
Contra o mal de ouvido e surdez 28
Por libertação das drogas 29
Pedir por cura sexual 30
Para depressão e angústia 31
Pedido a Maria para engravidar 32
Contra a osteoporose 33
Para prevenção do diabetes 34
Pela cura de um animal 35

Ao Sagrado Coração de Jesus 36
De São Francisco de Assis. 37
A São Miguel Arcanjo para livrar-se das
armadilhas do demônio 38
A São Hugo contra a febre 39
A Santa Águeda para se proteger do câncer de mama 40
A São Roque para curar uma doença contagiosa 41
A Santa Apolônia para aliviar dor de dente 42
A Nossa Senhora das Dores 43
A Nossa Senhora Aparecida 44
A São Judas Tadeu 45
A São Peregrino para abençoar pessoas com câncer 46
A São Brás para evitar problemas na garganta 47
A Nossa Senhora da Cabeça contra as dores de cabeça 48
Súplica a Nossa Senhora da Família pedindo paz 49
A Nossa Senhora da Penha para a cura de doenças 50
A Nossa Senhora da Guia contra quem nos quer mal 51
A Nossa Senhora Rainha dos Apóstolos 52
A Nossa Senhora Do Rosário 53
A Nossa Senhora da Natividade para engravidar 54
A Santo Expedito - santo das causas justas e urgentes 55
A São Cristovão por uma viagem abençoada 56
A São Barnabé para afastar a inveja 57
A São José para conseguir um emprego 58
De São Bento para fechar o corpo 59
A São Dimas (o bom ladrão) para proteção contra assaltos 60
A Nossa Senhora De Fátima 61
De Santa Clara para enfrentar problemas 62
A Santo Antônio De Pádua 63

A Nossa Senhora da Defesa para ter
proteção contra todos os males e demônios 64

De Santa Luzia 65

Ao Bom Jesus de Pirapora 66

Apelo a Nossa Senhora Aparecida 67

Conselhos de Dom Bosco para ter uma vida longa 68

A Nossa Senhora Do Perpétuo Socorro 69

Pedindo proteção a São Jorge 70

A Nossa Senhora pelas crianças 71

Para invocar Nossa Senhora Aparecida 72

Santo Frei Galvão 73

A Santa Maria Madalena Protetora
das mães solteiras 74

A Santa Rita de Cássia 75

A São Estevão para afastar a inveja do lar 76

A Nossa Senhora Desatadora dos Nós 77

Senhor dos Passos 78

A Santo Antônio para encontrar objetos perdidos 79

A Santa Teresinha do Menino Jesus 80

Pedindo paz a Santo Agostinho 81

A Santa Bárbara para livrar-se das tempestades, raios,
explosões e morte de forma trágica 82

A Santa Edwiges Protetora dos
pobres e dos endividados 83

Para São Fortunato para assuntos
financeiros, atraso de vida e falta de sorte 84

A Santo Antônio Maria Claret
contra qualquer tipo de violência 85

Ao Imaculado Coração de Maria 86

Ao Santo Frei Antonio de Sant'Ana Galvão 87

Maria Passa na Frente 88

Vinde Espírito Santo... 89

A Nossa Senhora das Lágrimas 90

A Santo Onofre - protetor dos alcoólicos anônimos 91

Antiga oração ao Anjo Guardião 92

A São José... 93

Nossa Senhora da Medalha Milagrosa 94

A São Francisco de Sales pelas gestantes 95

A Santo Antônio pedindo a graça
de arrumar um namorado.. 96

A Nossa Senhora do Bom Parto
pedindo um parto feliz.. 97

A São Cosme e São Damião
pedindo proteção as crianças 98

A São Pancrácio para livrar-se de dores no corpo................... 99

Da Santa Cruz contra os perigos na rua 100

Para Proteção 101

Livrar-se das dificuldades no amor.. 102

Para vencer a solidão 103

Libertação das dores das decepções 104

Para se libertar da ansiedade 105

Para libertação 106

Para a cura de lembranças ruins 107

Para o dia de finados.. 108

Para sair de casa... 109

Pedir para a Virgem Maria guiar seus passos 110

Pedindo proteção para todos os momentos............................ 111

Para tomar decisões 112

Poder de fé 113

Contra o medo da velhice 114

Para ficar rico 115
Contra o medo de perder o emprego 116
Contra o mau olhado (fazer esta oração com
a mão direita na cabeça da pessoa afetada) 117
Louvação de agradecimento 118
Para encontrar felicidade 119
Para cortar os laços do passado 120
Desfaça os nãos 121
Pelos sonhos e metas 122
Por uma nova chance 123
Contra o mau-olhado 124
Pedir proteção nas horas de necessidade, Salmo 91 125
Ajuda por uma pessoa desaparecida 126
Ao Divino Pai Eterno 127

Introdução

Oiiiii, genteeeee!

Sabemos como os caminhos de Deus podem ser tortuosos e misteriosos. Mesmo confiando em Sua bondade infinita e compreendendo que nossa jornada nos conduz sempre à Glória e ao Amor Maior, por vezes nos deparamos com obstáculos que parecem impossíveis de superar. Nesses momentos de incerteza e dor, precisamos mais do que nunca nos voltar a Deus e ao Seu poder.

Pensando nessas horas de aflição, trago a vocês uma seleção das mais belas e poderosas orações para auxiliar a todos que delas precisarem.

Reuni aqui preces para quaisquer dificuldades: saúde do corpo ou da alma; problemas financeiros ou emocionais; agonias do espírito ou vícios da carne. Ofereço a vocês os caminhos para encontrar a harmonia familiar, conquistar o equilíbrio e a prosperidade, recuperar a saúde, atrair boas energias, encontrar a paz.

Para cada momento de nossas vidas, que vocês possam, através das orações que trago neste livro, lembrar que em qualquer situação nunca estaremos sozinhos enquanto tivermos a Deus.

Desejo que *Você é um presente de Deus!* seja o melhor amigo de todas as protetoras da família, matriarcas zelosas que primam pelo equilíbrio e pela harmonia familiar, estendendo a todos os parentes amados – estejam próximos ou distantes – a Luz de que todo lar necessita.

Que o conforto destas páginas possa penetrar pelos seus olhos e atingir o seu coração, livrando-te de todo mal!

Uma vida abençoada a todos nós!

Para a restauração familiar

Senhor, concedei a mim e à minha família a graça de Vos buscar antes de todas as coisas, pois somente assim poderemos viver na unidade. Vinde com Vosso Espírito sobre meu lar e removei os problemas que em nós existam: males do corpo, da alma, do espírito, do coração.

Que ajamos como se tudo dependesse de nós, mas certos de que somente por Vossa graça poderemos, mesmo em meio a sofrimentos, permanecer na Vossa paz. Que sejamos profundamente amigos, ajudemo-nos mutuamente a crescer na prática da fé e reavivemos sempre mais o amor que selamos diante de Vós, num compromisso sagrado e eterno.

Dai-nos saber amar profundamente, como Cristo amou e ama Sua Igreja. Que nos lembremos que o maior presente que nossos filhos podem receber é o amor que exista entre seus pais. Vinde, Senhor Jesus, restaurai minha família e as famílias do mundo inteiro.

Amém.

Libertar uma mãe da aflição

Ó Senhor, meu Deus e meu Pai! Mesmo sem nenhum merecimento, venho derramar os meus queixumes diante de Ti. Faço isso porque sei que, através do Teu amado Filho Jesus Cristo, o Senhor recebe e atende a todos os que com sinceridade Te invocam.

Senhor meu Deus, tu sabes o que se passa no coração desta mãe aflita, entendes os sofrimentos de uma mãe pois, enquanto Teu Filho Jesus aqui esteve e sofreu na carne, na alma e no espírito, viu também as lágrimas daquela que O gerou, O amamentou e O acariciou.

Quando estava sendo pregado no pesado madeiro, aquelas marteladas eram como punhaladas no seu peito. Pendurado na cruz, pôde ver a essência da expressão da dor de mãe. E agora, Senhor, enquanto falo Contigo, estou bem certa de que me compreendes. O meu filho, que em meio às dores dei à luz, que em meio a humilhações criei, por quem tanto lutei, tanto sofri, hoje me desgosta e me vira as costas, porque pouco aprendeu através das minhas lutas e lágrimas.

Ó, meu Pai, estou confusa e embaraçada, pois se Te peço justiça, certamente ele sofrerá. Minha voz está embargada pelo pranto e já nem sei o que pedir. Mas o Teu Espírito, que sonda os nossos corações e esquadrinha o nosso entendimento, sabe o que eu mais preciso.

Socorre-me Senhor, pois minha alma está farta de decepções e males, e a minha vida já não tem razão de ser. Contudo, não permitas que meu filho passe pelo que estou passando. Guarda-o, como Teu Filho.

Em nome do Senhor Jesus.

Amém.

Livrar-se dos problemas do casal

Senhor, nosso Deus e nosso Pai, como é difícil, às vezes, viver a dois durante anos, sem encontrar razões para ser feliz. Que Tu nos dê um coração grande para perdoar. Que saibamos esquecer as ofensas recebidas e reconhecer as falhas pessoais.

Infundi em nós a força do Teu amor para que possamos amar, desde o início, e continuar a amar, mesmo quando não nos sentimos amadas, sem perdermos a esperança de que a reconciliação seja sempre possível.

Amém.

Para libertar a família de problemas no relacionamento

Senhor, concedei a mim e a minha família a graça de Vos buscar antes de todas as coisas, pois somente assim poderemos viver na unidade. Vinde com Vosso Espírito sobre meu lar e removei os problemas que em nós existam: males do corpo, da alma, do espírito e do coração.

Que ajamos como se tudo dependesse de nós, mas certos de que somente por Vossa graça poderemos permanecer na Vossa paz. Que sejamos profundamente amigos, ajudemo-nos mutuamente a crescer na prática da fé e reavivemos sempre mais o amor que selamos diante de Vós, num compromisso sagrado e para sempre.

Nada mais angustiante para os coraçõezinhos das crianças do que a insegurança diante de um pai e uma mãe, a quem tanto amam, discutindo, ofendendo-se mutuamente.

Dai-nos o saber amar profundamente, como amastes e amais Vossa Igreja. Amém.

Que nos lembremos que o maior presente que nossos filhos podem receber é o amor que exista entre nós, seus pais.

Vinde, Senhor Jesus, restaurar minha família e as famílias do mundo inteiro.

Amém.

Libertação do mal dentro de casa

Visita, ó Pai, a nossa casa e mantenha afastada a insídia do inimigo. Venham os santos anjos para protegerem a paz e que Tua bênção esteja sempre conosco. Por Cristo, nosso Senhor. Amém.

Senhor Jesus Cristo, que conduziu Seus Apóstolos a invocarem a paz em todos os lugares por onde passassem, santifica, nós Te pedimos, esta casa pelo meio de nossa fidelíssima oração. Derrama Sua bênção e abundância de paz. Traz para esta casa a salvação. Encarrega Teus anjos de zelarem e afastarem dela o poder do maligno e concede a graça para que em todos que aqui habitam seja realizada a virtude, se assim merecerem, de virem a perceber nela a Tua morada celeste.

Te pedimos, em nome de Jesus Cristo, nosso Senhor.

Amém.

Libertação dos pecados e amarrações

Meu Deus, em nome do Senhor Jesus Cristo, peço-Lhe perdão pelos meus pecados cometidos no tempo da ignorância e me arrependo de tê-los praticado. Portanto renego, renuncio e desvinculo todos os meus pecados praticados. Comando a todos os demônios que vieram por causa desses envolvimentos que sejam amarrados, saiam da minha vida e não voltem mais, em nome de Jesus Cristo de Nazaré.

Eu me aproprio do Sangue da Aliança do Senhor Jesus Cristo e O coloco entre mim e todo o meu passado, cancelando-o de todos seus efeitos e consequências. "O que cobre as suas transgressões nunca prosperará; mas o que as confessa e deixa alcançará misericórdia".

Eu confessei todos os meus pecados estou livre de toda a injustiça, no nome do Senhor Jesus Cristo.

Amém.

Para ter a casa própria

Ó gloriosa Santa Efigênia, ei-me aos pés de vosso altar cheio da mais sincera confiança. Vós, que sois o amparo dos aflitos, atendei as súplicas que humildemente dirijo a vós, a de ter a minha casa própria com uma fé viva, uma esperança firme e caridade ardente. Esperamos em vós que este desejo de ter a casa própria se realize. Dai-nos a pureza de vida e socorrei-nos nessa nossa necessidade. Santa Efigênia, se for da vontade Divina, dai-nos a graça que hora humildemente suplicamos a vós.

Assim seja.

Amém.

Para viver em paz com meus vizinhos

Senhor, sei que não posso me deixar levar pela raiva. Sei também que tenho colaborado para o desentendimento. É por isso que Te peço perdão e também peço ajuda para tornar minha relação com meu(s) vizinho(s) mais amorosa, mais humana.

Quero trabalhar com caridade e paciência, para assim poder viver em paz com todos os meus vizinhos. Por favor, Senhor, faz com que eu não perca as oportunidades que Deus me dá para ser uma pessoa boa e paciente.

Obrigada, Senhor.

Amém.

Para que nunca falte o pão de cada dia

Senhor, coloco esse problema em Tuas mãos. De mim, só posso oferecer impotência e desespero. Já não consigo emprego, pois dizem que tenho muita idade. Sei que existem pessoas que passam fome, que trabalham e não ganham o suficiente para sobreviver.

Senhor, não deixai que nos falte alimento para viver. Confio plenamente em Ti, Senhor, porque nos deste a vida e a alegria de poder viver Te louvando. Sei que com sua ajuda, todos esses males poderão ser superados.

Senhor, faz com que nossa fome de Deus nunca se sacie e dá-nos o pão nosso de cada dia. Protege a mim e à minha família do mal da fome.

Amém.

Cura da família em relação à morte de uma pessoa

Senhor Jesus, clamo a Vossa intercessão junto ao Pai, por todas as pessoas na história de minha família que morreram cedo, as não amadas, as não choradas, as que não tiveram oração ou digno enterro cristão.

Olhai também por todos os que experimentaram mortes terríveis, dolorosas e horríveis; mortes por violência, acidente, envenenamento, tiros, fogo, explosões, facadas, enforcamento ou afogamento.

Ergo agora até Vós, Senhor, meus antepassados que morreram por suicídios.

Senhor, cessa agora, no Vosso poder, toda transmissão de tendência para mortes anormais e feias.

Senhor, que Vosso amor misericordioso, que perdoa e cura, toque-nos ternamente e que a partir de agora todos conheçamos mortes cheias de amor e ternura. Que experimentemos a transição da vida para a morte num contexto plenamente cristão.

Pai, que ninguém, em minha linha de família, de agora em diante morra sem ter Te conhecido pessoalmente, o Senhor Jesus Cristo.

Amém.

Pelos falecidos: paz aos falecidos e consolo aos vivos

Ó Deus, que pela morte e Ressurreição de Vosso Filho Jesus Cristo nos revelastes o enigma da morte, acalmastes nossas angústias e fizestes florescer a semente da eternidade que Vós mesmo plantastes em nós, concedei aos Vossos filhos e filhas já falecidos a paz definitiva da Vossa presença. Enxugai as lágrimas dos nossos olhos e dai-nos a todos a alegria da esperança na Ressurreição prometida.

Isso Vos pedimos, por Jesus Cristo Vosso Filho, na unidade do Espírito Santo. Que todos aqueles que buscaram o Senhor com o coração sincero e que morreram na esperança da Ressurreição descansem em paz.

Amém.

Da mãe que espera um filho

Eu Vos glorifico, Pai celeste, Deus Criador, porque fizestes em mim grandes coisas e vai nascer de mim um filho, fruto de um amor que abençoastes. Jesus, Filho de Deus, que me permitistes adorar-Vos pequenino, no presépio, eu Vos ofereço meu filhinho, Vosso irmão. Enriquecei-o com os belos dons da natureza e da graça; que na Terra seja ele nossa alegria e, na eternidade, Vossa glória!

Espírito Santo, cobri-me com Vossa sombra durante esses benditos meses de espera, a fim de que nada possa acontecer de mal a meu filhinho e que sua alma esteja pronta a se tornar Vosso santuário pelo batismo.

E Vós, Maria, Rainha das Mães, assisti-me, Vos peço, na hora do nascimento do meu filho. Aceito desde já todos os sofrimentos que vierem, e Vos peço que os ofereçais a Deus por meu filho.

Meu Santo Anjo da Guarda, Santo Anjo da Guarda de meu filho, velai sobre nós dois.

Amém.

Para antes e depois das refeições

Antes

Abençoai-nos, Senhor, e a este alimento, que por Vossa bondade vamos tomar. Por Jesus Cristo, Nosso Senhor. Amém.

Depois

Nós Vos agradecemos, Ó Deus Onipotente, o alimento que nos destes, dádiva de Vossa bondade, bem como os outros benefícios que nos haveis dispensado, Vós que viveis e reinais pelos séculos dos séculos.

Amém.

Para libertação do vício do cigarro

Ó Deus, criador de todas as coisas, Vós destes ao homem a inteligência que o torna capaz de conhecer a natureza da flora e das qualidades da vegetação. Desta também ao homem a vontade livre para aceitar o que é bom e rejeitar o que lhe faz mal.

Eu sei que o fumo prejudica a minha saúde, que fecha os meus pulmões, que ataca o meu coração, que desequilibra o meu sistema nervoso. Mas a minha vontade é tão fraca! Eu quero deixar o fumo e não posso!

Jesus, eu me lembro de Tuas palavras: *Sem mim nada podeis fazer*. Talvez eu esteja confiando só em mim, em vez de confiar em Vós. São Paulo dizia: *Tudo posso Naquele que me fortalece*. Então eu também, com Vossa ajuda, posso deixar de fumar.

Do enfarto do coração, livrai-me Senhor! Do câncer do pulmão, livrai-me Senhor! Do vício do fumo, livrai-me Senhor! De todo pecado, livrai-me Senhor! Assim seja.

Amém.

Libertação da insônia

Apenas me deito, logo adormeço em paz, porque a segurança de meu repouso vem de Vós. Senhor, Deus e Pai de Misericórdia, em nome de Vosso Filho, Nosso Senhor Jesus, venho Vos pedir a restauração de todo meu ser, de minha integridade física e espiritual, bem como a libertação emocional e afetiva de que tanto preciso.

Só Vós conheceis o mais íntimo de mim e sabeis quando esta insônia começou. Vós podeis, pela graça de Vosso Santo Espírito, atingir as causas mais profundas desta insônia e das perturbações que tenho durante o sono.

Libertai-me das consequências deste mal, curando-me o cansaço, a insegurança, o medo e a tristeza; restaurando-me física, emocional e espiritualmente, como Vosso filho que sou, para que eu possa Vos amar sempre mais e Vos servir com alegria a cada dia de minha vida. Obrigado, Pai.

(Rezar um Pai Nosso e um Glória ao Pai.)

Libertação das dores menstruais

Ó Diviníssimo Verbo, que tomou forma humana e em nós habitou nascendo da puríssima Virgem, pela Sua inefável piedade e piedosíssima misericórdia, pela intercessão da Virgem Maria, Sua puríssima Imaculada Mãe dos anjos, de todos os Santos e do Nosso Senhor Jesus Cristo, digne-se a livrar-me destas horríveis dores menstruais.

Assim peço, Senhor, que como Pai e Espírito Santo reine e viva por todos os séculos dos séculos.

Amém.

Pela saúde corporal e espiritual

São Francisco de Assis, rogai por nós! Louvado seja o Criador em Sua Sabedoria infinita e em Seu eterno amor!

Irmão cérebro, em nome do Pai Criador, de seu Filho e de seu Espírito Consolador, age com o poder natural dado pelo Criador e coordenai todos os irmãos órgãos, especialmente aqueles mais encarregados de manter a saúde dos seres humanos!

Irmão fígado, limpa! Opera bem o teu trabalho, pelo Criador ordenado!

Irmão pulmão, realiza teu trabalho para a Glória do criador!

Irmão coração, cumpre tua missão com perfeição, para a Glória do Criador!

Irmãos rins, valei-nos!
Irmã bexiga, valha-nos!
Irmão baço, valha-nos!
Irmão estômago, valha-nos!
Irmão intestino, valha-nos!
Irmãos anticorpos, valei-nos!
Irmão sistema imunológico, valha-nos!

Irmãos todos do corpo humano, em nome do Criador, do Salvador, do Consolador, e pela intercessão de São Francisco de Assis, proporcionai em nós a saúde do corpo, para a saúde do espírito e da alma!

Louvado sejas, meu Senhor, por todas as Tuas criaturas, por todo o sempre!

Amém.

Contra o mal de ouvido e surdez

Senhor meu, Jesus Cristo, Vós que se dignastes a livrar de suas doenças o surdo-mudo de Cecápolis somente pondo os dedos em seu ouvido e lhe dizendo *seja aberto*, concedei-me a mesma graça. Que em Vosso nome e imitando Vossos milagres e Vossas virtudes eu possa curar do mal de ouvido e também da surdez.

Por Nosso Senhor Jesus Cristo.

Amém.

Por libertação das drogas

Senhor, nós Vos entregamos a causa que levou (nome da pessoa) a usar drogas: toda carência, toda rejeição, toda falta de amor, toda amargura e todo complexo. Pai, nós cremos no poder do Vosso toque Divino, por isso, livrai-o do mal e das más companhias.

Abençoai os amigos, todos os familiares e todos que se aproximarem dele. Mãe, cubra-o com Seu manto protetor. Senhor, dai-nos a bênção de ver o nosso irmão curado das drogas.

Amém.

Pedir por cura sexual

Venho diante de Vós, Senhor, pedir perdão pelos meus pecados. Agora ponho um fim a todas as vias, profundamente gravadas, de pecado sexual. Digo não a todas as tendências para exibição indecente, estupro, fornicação, molestamento, incesto e perversão. Renuncio a toda bestialidade, masoquismo, sadismo, ninfomania, luxúria e prostituição em minha linha de família.

Detenho toda agressão sexual, desordens sexuais de personalidade, traumas sexuais e comportamento anormal. Ordeno a todo demônio agarrado a esses padrões que se vá, em nome de Jesus. Golpeio com a espada do Espírito Santo essa cadeia de males e quebro as ligações.

Pai, perdoai. Trazei saúde e restauração sexual onde havia enfermidade. Que minha família brilhe com a beleza de uma sexualidade sadia. Senhor, eu Vos bendigo, adoro e louvo. *O Senhor quer que cada um de vós saiba usar o corpo que pertence a Ele, de forma Santa e honesta.*

Amém.

Para depressão e angústia

Deus Se levanta, seus inimigos debandam, seus adversários fogem de sua frente. O Senhor os dissipa como a fumaça se dissipa; como a cera se derrete na presença do fogo. Senhor Deus, dê-me a mão nesse momento de angústia, quando só vejo o medo, quando a depressão me alcança.

Deus, cuide de mim.

Amém.

Pedido a Maria para engravidar

Ó Maria, Virgem Imaculada, Porta do Céu e causa da nossa alegria, respondendo com generosidade ao anúncio do Arcanjo São Gabriel, Vós pudestes dar curso ao plano de Deus para a minha salvação. Vós fostes, pela Providência Santíssima, nossa Mãe desde toda a eternidade.

Eis que, desejando que o Filho de Deus que quis nascer em Vós nasça também em meu coração e conceda-me o perdão de meus pecados, prostro-me aos Vossos pés e Vos imploro, com todo o fervor de minha alma, que Vos digneis a alcançar-me, do Vosso amadíssimo Filho, a graça que tanto necessito de engravidar e de ser mãe.

Mais ainda do que somente os meus pedidos, Ó Virgem Santíssima, ainda Vos peço, em virtude de Vossos cuidados e suplícios para com Jesus em Vosso ventre, por todas as mães grávidas, para que tenham uma boa hora. Assim também por todas aquelas que passam por uma gestação delicada e pelas que não podem ou não conseguem tê-los.

Virgem Santíssima, abençoai.

Amém.

Contra a osteoporose

Nosso Senhor Jesus Cristo, venho pedir-Vos que intercedeis por mim junto ao Deus Onipotente. Percorreste os caminhos, procurando as criaturas sofredoras, para levar socorro, conforto e amparo aos pobres e necessitados. Aliviaste muitos sofrimentos, convertestes muitos pecadores.

A Ti eu vos rogo, submisso, que intercedais junto de Deus Nosso Pai, para que eu me possa curar da osteoporose que tanto me atormenta e me faz sofrer. Sede o meu guia, afastando as dores que esta doença me provoca.

Amém.

Para prevenção do diabetes

Nosso Senhor Jesus Cristo, filho de Deus vivo que sofrestes e morrestes na Cruz para redimir os nossos pecados, eu Vos peço que me livre do diabetes.

Ó Senhor Deus, misericordioso e fiel no nosso voto de amor a Nosso Senhor Jesus Cristo, que tanto valestes aos necessitados que a Vós recorreram, nós Vos rogamos: sede meu advogado junto de Jesus Cristo, Filho de Deus Pai, para que livre desta enfermidade. Assim seja.

Amém.

Pela cura de um animal

Deus Todo-poderoso, que me concedeste o dom de identificar em todas as criaturas do Universo um reflexo da luz do Vosso amor; que confiaste a mim, humilde servo de Vossa infinita bondade, a guarda e proteção das criaturas do planeta, permiti que, através de minhas mãos imperfeitas e de minha limitada percepção humana, eu possa servir de instrumento para que Tua divina misericórdia recaia sobre este animal (dizer o nome do animal).

Que eu possa envolvê-lo em uma atmosfera de energia revigorante, para que seu sofrimento se desfaça e sua saúde se restabeleça. Que assim se cumpra a Vossa vontade, com o amparo dos bons espíritos que me cercam.

Amém.

Ao Sagrado Coração de Jesus

Meu Sagrado Coração de Jesus, em Vós deposito toda confiança e esperança. Vós que sabeis tudo, Pai, Ó Senhor do Universo, sois o Rei dos Reis. Vós que fizeste o cego ver, o paralítico andar, o morto voltar a viver, o leproso sarar. Vós que vedes as minhas aflições, as minhas angústias, bem sabeis, Divino Coração, como preciso alcançar esta graça: (pede-se a graça com fé).

A minha conversa convosco me dá ânimo e alegria para viver, só de Vós espero com fé e confiança: (pede-se novamente a graça).

Fazei, Sagrado Coração de Jesus, que antes de terminar esta conversa, dentro de nove dias, alcance essa tão grande Graça; e para Vos agradecer, divulgarei esta Graça para que os homens aprendam a ter fé e confiança em Vós.

Iluminai os meus passos, Sagrado Coração de Jesus, assim como esta luz nos está iluminando e testemunhando a nossa conversa. Sagrado Coração de Jesus, eu tenho confiança em Vós. Sagrado Coração de Jesus, aumente ainda mais a minha fé.

Amém.

De São Francisco de Assis

Senhor, fazei de mim um instrumento de vossa paz.

Onde houver ódio, que eu leve o amor.
Onde houver ofensa, que eu leve o perdão.
Onde houver discórdia, que eu leve a união.
Onde houver dúvida, que eu leve a fé.
Onde houver erro, que eu leve a verdade.
Onde houver desespero, que eu leve a esperança.
Onde houver tristeza, que eu leve a alegria.
Onde houver trevas, que eu leve a luz.

Ó Mestre, fazei com que eu procure mais consolar que ser consolado; compreender que ser compreendido; amar que ser amado.

Pois é dando que se recebe, é perdoando que se é perdoado e é morrendo que se vive para a vida eterna.

Amém.

A São Miguel Arcanjo para livrar-se das armadilhas do demônio

São Miguel Arcanjo, protegei-nos no combate, defendei-nos com o vosso escudo contra as armadilhas e ciladas do demônio. Deus o submeta, nós pedimos; e vós, Príncipe da Milícia Celeste, pelo Divino Poder, precipitai ao inferno Satanás e aos outros espíritos malignos que andam pelo mundo procurando perder as almas.

Em nome do Pai, do Filho e do Espírito Santo.

Amém.

A São Hugo contra a febre

Em nome do Pai, do Filho e do Espírito Santo. Nós Vos suplicamos, Senhor, que a intercessão do bem-aventurado São Hugo nos torne merecedores da Vossa Graça. Socorrei-nos, Jesus, pela bondade infinita, que Vos faz participar de todos os nossos sofrimentos, nós Vos pedimos por Nosso Senhor Jesus Cristo. Assim seja.

São Hugo, que por Vossa poderosa intercessão dominas a febre, rogai por nós.

Amém.

A Santa Águeda para se proteger do câncer de mama

Concedei-nos, Senhor, o amor constante ao Vosso santo Nome e a graça da perseverança nas coisas do Alto durante toda a nossa vida.

E pela intercessão de Santa Águeda, dai-nos, Senhor Onipotente, a graça que humildemente Vos pedimos, de conseguir a cura para a terrível doença que é o câncer de mama. Por Cristo Senhor Nosso, dai-nos também saúde e mantém longe de mim esse mal. Amém.

Santa Águeda, rogai por nós.

Amém.

A São Roque para curar uma doença contagiosa

A ti, Roque, cheio de fé, te saúdo; tu que nasceste de um sangue nobre, marcado pelo signo da Cruz no lado esquerdo de teu flanco.

Ó Roque, que partes para o estrangeiro, curas a peste com o toque, todos os doentes são curados ao teu sinal: povo, rezai e bendizei!

Ao grande São Roque, glória e esperança! Sob a inspiração da voz de um Anjo, te tornas um poderoso enviado de Deus: curas a peste em qualquer parte.

Amém.

A Santa Apolônia para aliviar dor de dente

Oh, bom Deus! Rogamos que a intercessão da gloriosa e mártir de Alexandria, Santa Apolônia, nos livre de todas as enfermidades do rosto e da boca. Lembrai-vos principalmente das criaturas inocentes e indefesas. Afastai, se possível, a amargura das dores de dentes.

Iluminai, fortificai e protegei os cirurgiões-dentistas, para que sempre se dediquem ao próximo com o amor que de Vós emana e nos seja dado usufruir de vosso reino. Santa Apolônia, intercedei por nós.

Amém.

A Nossa Senhora das Dores

Nossa Senhora das Dores, eu te apresento todas as minhas necessidades, mágoas, tristezas, misérias e sofrimentos. Ó, mãe das dores e rainha dos mártires, que tanto sofrestes ao ver vosso filho flagelado, escarnecido e morto para me salvar, acolhei minhas preces.

Mãe amável, concedei-me uma verdadeira contrição dos meus pecados e uma sincera mudança de vida. Nossa Senhora das Dores, que estivestes presente no calvário de Nosso Senhor Jesus Cristo, esteja também presente nos meus calvários. Por piedade, ó, advogada dos pecadores, não deixeis de amparar a minha alma na aflição e no combate espiritual que a todo momento estou sujeito a travar.

Nossa Senhora das Dores, quando as dores vierem e os sofrimentos chegarem, não me deixeis desanimar. Mãe das dores, envolvei-me em vosso sagrado manto e ajudai-me a passar pelo vale de lágrimas. Rogai por nós, Santa Mãe de Deus, para que sejamos dignos das promessas de Cristo.

Nossa Senhora das Dores, fortalecei-me nos sofrimentos da vida.

Amém.

A Nossa Senhora Aparecida

Ó, incomparável Senhora da Conceição Aparecida, mãe de Deus, rainha dos anjos, advogada dos pecadores, refúgio e consolação dos aflitos e atribulados.

Ó, Virgem Santíssima, cheia de poder e de bondade, lançai sobre nós um olhar favorável, para que sejamos socorridos por vós em todas as necessidades em que nos encontramos.

Lembrai-vos, ó clementíssima Mãe Aparecida, de que nunca se ouviu dizer de algum daqueles que têm a vós recorrido, invocado vosso santíssimo nome e implorado por vossa singular proteção, ter sido por vós abandonado.

Animados com esta confiança, a vós recorremos. Invocamo-la para sempre como nossa Mãe, nossa protetora, consolação e guia, esperança e luz na hora da morte.

Assim, pois, Senhora, livrai esta casa e seus habitantes da peste, fome, guerra, raios, tempestades e outros perigos e males que nos possam flagelar.

Soberana Senhora, preservai-nos de todos os perigos da alma e do corpo; dirigi-nos em todos os assuntos espirituais e temporais.

Livrai-nos da tentação do demônio, para que, trilhando o caminho da virtude, possamos ser livres e não manchar vosso Santíssimo nome, nem o preciosíssimo sangue de vosso divino Filho. Que assim possamos gozar da eterna Luz no reino de Deus por todos os séculos e séculos.

Amém.

A São Judas Tadeu

São Judas Tadeu, apóstolo escolhido por Cristo, eu vos saúdo e louvo pela fidelidade e amor com que cumpristes vossa missão.

Chamado e enviado por Jesus, sois uma das doze colunas que sustentam a verdadeira Igreja fundada por Cristo.

Inúmeras pessoas, imitando vosso exemplo e auxiliadas por vossa oração, encontram o caminho para o Pai, abrem o coração aos irmãos e descobrem forças para vencer o pecado e superar todo o mal.

Quero imitar-vos, comprometendo-me com Cristo e com sua Igreja, por uma decidida conversão a Deus e ao próximo, especialmente ao mais pobre. E, assim convertido, assumirei a missão de viver e anunciar o Evangelho, como membro ativo da minha comunidade.

Espero, então, alcançar de Deus a graça que imploro confiando na Vossa poderosa intercessão.

São Judas Tadeu, rogai por nós!

Amém.

A São Peregrino para abençoar pessoas com câncer

Glorioso São Peregrino, que, obedecendo à voz da graça, renunciastes, generosamente, às vaidades do mundo para dedicar-vos ao serviço de Deus, de Maria Santíssima e da salvação das almas: fazei com que nós também, desprezando os falsos prazeres da terra, imitemos o vosso espírito de penitência e mortificação.

São Peregrino, afastai de nós a terrível enfermidade, preservai-nos a todos deste mal, com vossa valiosa proteção. São Peregrino, livrai-nos do câncer do corpo e ajudai-nos a vencer o pecado, que é o câncer da alma. Amém.

São Peregrino, socorrei-nos, pelos méritos de Jesus Cristo, Senhor nosso.

Amém.

A São Brás para evitar problemas na garganta

Ó, glorioso São Brás, que restituístes com uma breve oração a perfeita saúde a um menino que, por uma espinha de peixe atravessada na garganta, estava prestes a morrer, obtende para nós todos a graça de experimentarmos a eficácia do vosso patrocínio nos males da garganta.

Conservai-a sã e perfeita para que possamos falar corretamente e assim proclamar e cantar os louvores de Deus.

A bênção de São Brás: Por intercessão de São Brás, Bispo e Mártir, livre-te Deus do mal da garganta e de qualquer outra doença. Em nome do Pai, do Filho e do Espírito Santo.

Amém.

A Nossa Senhora da Cabeça contra as dores de cabeça

Ajoelho-me frente a ti, Senhora da Cabeça, para agradecer todos os dias as bênçãos que recebi em minha vida. Num momento de aflição, oro com fé e todas as forças de minha alma para que me impeças de ter terríveis dores de cabeça, as quais não me deixam trabalhar, dormir, estudar, conviver em sociedade, cuidar de minha família e ter paz em momento algum.

Graças a ti e a teu Filho Jesus Cristo, que sabe o quanto é doloroso carregar uma coroa de espinhos, peço que faças com que nunca eu perca a fé diante de qualquer problema de saúde, especialmente dores de cabeça.

Obrigado, minha adorada e dedicada Nossa Senhora da Cabeça. Intercede sempre por mim.

Amém.

Súplica a Nossa Senhora da Família pedindo paz

Virgem Maria, com humildade recorremos a vós, todos de nossa família, certos de que não nos abandonarás por causa de nossas limitações e faltas. Animados pelo vosso amor de Mãe, vos oferecemos nosso corpo para que purifiqueis; nossa alma para que santifiqueis; o que somos e o que temos, consagrando tudo a Vós. Amparai, protegei, bendizei e guardai sob a vossa maternal bondade todos e cada um dos membros desta família, que se consagra totalmente a vós.

Amém.

A Nossa Senhora da Penha para a cura de doenças

Nossa Senhora Mãe de Deus, Vós que subistes ao céu, levada pelos Anjos, que pelas mãos de Deus Pai Todo-poderoso, de Deus Filho, Nosso Senhor Jesus Cristo, na presença de Deus Espírito Santo, fostes coroada Rainha do Céu e da Terra, ouvi a minha prece.

O vosso poder, a vossa bondade, a vossa misericórdia faz com que os cegos vejam, os surdos ouçam, os paralíticos andem, os mudos falem, os maus se transformem em bons, os pecadores se convertam, os orgulhosos sejam abatidos e os malvados, castigados.

Eu, pecador, arrependo-me, sinceramente, de meus pecados e peço-vos auxílio para não mais pecar. Tenho fé em que vós não faltareis com o vosso auxílio para a cura de minha alma e de meu corpo.

Sarai esta enfermidade minha (dizer o nome da doença). Nossa Senhora da Penha, assim seja. Saúde dos enfermos, orai por nós. Refúgio dos pecadores, orai por nós. Consoladora dos aflitos, orai por nós.

Amém.

A Nossa Senhora da Guia contra quem nos quer mal

Eu, coberto com o manto de Nossa Senhora da Guia, andarei. Meus inimigos encontrarei, mal não me farão, nem eu lhes farei; andarei, não andarei. Um cruzeiro encontrei, foi o anjo São Gabriel, que encontrou Nossa Senhora e a salvou rezando Ave Maria.

Que o braço do Onipotente desça sobre quem me queira fazer mal; que este fique imóvel como pedra, enquanto eu, triste pecador, faço e ando em serviço de Deus, nosso Senhor. Assim seja.

Amém.

A Nossa Senhora Rainha dos Apóstolos

Jesus misericordioso, eu te agradeço, porque nos deste Maria como mãe. Eu te agradeço, Maria, porque deste à humanidade Jesus, o Mestre Divino, caminho, verdade e vida. Também te agradeço porque no calvário nos aceitaste a todos como filhos. A tua missão está unida à de Jesus, que *veio procurar e salvar o que estava perdido.*

Por isso, oprimido pelos meus pecados, me refugio em ti, minha mãe e minha esperança. Olha-me com misericórdia, como um filho doente. Espero receber teus cuidados maternos. Tudo espero em ti: perdão, conversão, santidade.

Pertenço a uma categoria particular entre os teus filhos: a dos mais necessitados, entre quem se multiplicou o pecado onde havia transbordado a graça. Esses te inspiram especial piedade. Acolhe-me entre eles. Faz um grande milagre, transformando um pecador em apóstolo. Será um grande prodígio e uma glória a mais para teu Filho e para ti, minha mãe.

Tudo espero de teu coração, mãe, mestra e Rainha dos Apóstolos.

Amém.

A Nossa Senhora do Rosário

Nossa Senhora do Rosário, dai a todos os cristãos a graça de compreender a grandiosidade da devoção do Santo Rosário, na qual à recitação da Ave Maria junta-se a profunda meditação dos santos mistérios de vida, morte e ressurreição de Jesus, vosso Filho e nosso Redentor.

São Domingos, apóstolo do rosário, acompanhai-nos com a vossa bênção na recitação do terço, para que, por meio desta devoção a Maria, cheguemos mais depressa a Jesus. Que, como na batalha de Lepanto, Nossa Senhora do Rosário nos leve à vitória em todas as lutas da vida.

Por seu filho, Jesus Cristo, na unidade do Pai e do Espírito Santo.

Amém.

A Nossa Senhora da Natividade para engravidar

Mãe da vida, mãe da luz, que a todos conduz; mãe dos homens, Senhora da Natividade, fazei propícia minha oração a Vosso Filho e Nosso Senhor Jesus Cristo.

Intercedei, ó Boa Mãe, por nós que pedimos a Deus pela graça da maternidade. Reconhecemos, Senhor, que só Tu és doador da vida, pois és o Senhor dela, e pedimos que em Tua infinita bondade tome nossos corpos, homem e mulher, como instrumentos da multiplicação da vida sobre a Terra.

Senhor, tu disseste: *Crescei e multiplicai-vos*. Concede-nos, Senhor, sermos dignos da Vossa palavra e que ela se cumpra entre nós.

Amém.

A Santo Expedito – santo das causas justas e urgentes

Meu Santo Expedito das causas justas e urgentes, intercedei por mim junto ao Nosso Senhor Jesus Cristo. Socorrei-me nesta hora de aflição e desespero, meu Santo Expedito, vós que sois o santo das causas urgentes. Protejei-me, ajudai-me, dai-me forças, coragem e serenidade.

Atendei o meu pedido: (fazer o pedido), meu Santo Expedito!

Ajudai-me a superar essas horas difíceis, protejei-me de todos que possam me prejudicar. Protejei minha família, atendei o meu pedido com urgência. Devolvei-me a paz e a tranquilidade, meu Santo Expedito!

Serei grato pelo resto da minha vida e levarei seu nome a todos os que têm fé.

Muito obrigado.

A São Cristovão por uma viagem abençoada

Ó, meu São Cristovão, olha por mim nesta viagem. Não me deixa sozinho nas estradas. Livra-me, protege-me e defende-me de todo o mal. Abençoa os que ficam e acompanha os que vão neste carro.

Abre os meus olhos, dá-me paciência, paz, tranquilidade e segurança nesta viagem. Atende esta minha oração e ouve este meu pedido (pedir a graça com fé).

Que a Virgem do Carmo, Mãe e esplendor do Carmelo, revista-me com o Santo Escapulário. Que o teu cajado possa me proteger da noite escura, da tempestade, do congestionamento, do cansaço e nas encruzilhadas.

Amém.

A São Barnabé para afastar a inveja

São Barnabé, grande profetizador da fé, de coração cheio de luz, bondade e coragem; santo que conseguiu reunir muitas pessoas e levar a palavra de Deus, por meio do Evangelho com a plenitude do Espírito Santo, afasta de mim qualquer maldade, injúria, inveja, pois quero viver em paz. Abençoa a alma dessas pessoas que pensam em fazer o mal. Coloca no coração delas a dignidade e a virtude da fé, para que se arrependam de ser o que são.

Ampara-me, meu São Barnabé, em seu espírito cristão. Assim seja.

Amém.

A São José para conseguir um emprego

São José, vós que fostes um carpinteiro honesto e pai de família dedicado, intercedei por mim e por todas as pessoas que também não encontram um emprego decente.

Estendei a vossa mão poderosa a todas as pessoas que sofrem preconceito, passam por necessidade material e não conseguem superar essa grande dificuldade. Protegei os que buscam uma humilde ocupação para garantir o sustento de si e de seus familiares. Olhai por aqueles que ainda estão em busca de sua verdadeira aptidão ou desenvolvendo seus dons naturais.

Ajudai a nós, trabalhadores e fiéis tementes a Deus, a conseguirmos encontrar amparo, serviço, reconhecimento e recompensa. Permiti, em nome do vosso filho amado, Jesus Cristo, que eu e todos que necessitam de um emprego consigamos encontrar um trabalho que nos traga gratificação e dignidade.

Obrigado, São José.

Amém.

De São Bento para fechar o corpo

Valha-me a preciosa Cruz de São Bento e as preciosas letras que se encerram dentro do poder, valia e merecimento. Eu, (dizer seu nome), sempre serei protegido do fogo, do feitiço, da peste e dos bichos peçonhentos, pois tenho para minha defesa Jesus Cristo e São Bento. Na arca de Noé me fecho com a chave de São Pedro, a Santíssima Trindade me acompanha: Pai, Filho e Espírito Santo.

Amém.

A São Dimas (o bom ladrão) para proteção contra assaltos

Glorioso São Dimas, agonizaste junto à cruz do Salvador e junto de Maria, Mãe e refúgio dos pecadores. Foste a primeira conquista de Jesus e de Maria no Calvário; foste o primeiro santo canonizado pelo próprio Jesus Cristo, quando te garantiu o reino dos céus: *hoje estarás comigo no paraíso.*

Eis porque hoje, prostrados a teus pés, a ti recorremos, confiando na infinita misericórdia que no Calvário te santificou, nas chagas de Jesus crucificado, nas dores e nas lágrimas de Maria Santíssima.

Em nossa grande aflição, humilhados pelos nossos grandes pecados, mas tudo esperando de tua valiosa proteção, te pedimos que intercedas por nós. Valha-nos, alcança-nos as graças que ardentemente te suplicamos, de sermos protegidos contra assaltos em nossas vidas, seja assalto às nossas casas, à nossa família ou a nossos entes queridos.

Amém.

A Nossa Senhora de Fátima

Santíssima Virgem, que nos montes de Fátima Vos dignastes a revelar aos três pastorinhos os tesouros de graças que podemos alcançar, rezando o Santo Rosário, ajudai-nos a apreciar sempre mais esta santa oração, a fim de que, meditando sobre os mistérios de nossa redenção, alcancemos a graça que insistentemente Vos pedimos (pedir a graça).

Ó, meu bom Jesus, perdoai-nos, livrai-nos do fogo do inferno, levai as almas todas para o Céu e socorrei principalmente as que mais precisarem.

Nossa Senhora do Rosário de Fátima, rogai por nós.

Amém.

De Santa Clara para enfrentar problemas

Bela e formosa Santa Clara, ilumina meu caminho para a glória e a vitória, livra-nos dos nossos inimigos. Eu peço a ti, Santa Clara, para que sejas a nossa guia e protetora, cobrindo a nossa cabeça com o vosso sagrado manto.

Santa Clara, afasta dos nossos caminhos as barreiras e as correntes negativas que estão nos atrapalhando. Que estas sejam afastadas para sempre dos meus caminhos para as ondas do mar sagrado.

Eu tenho fé em ti de que eu vou vencer, porque a ti entrego as nossas vidas, o nosso futuro ponho em tuas santas mãos.

Deus, adiante paz nos nossos dias.

Recomendo a mim e a meus filhos para Deus, Santa Clara e a Virgem Maria.

Amém.

A Santo Antônio de Pádua

Ó, admirável e formosíssimo Santo Antônio, glória de Portugal, luz da Itália e de toda a Santa Igreja, apóstolo com todos os predicados e cheio da glória de Deus, mártir do desejo, virgem puríssimo, vaso ungido de celestial pureza, espelho de perfeita humildade e sabedoria! Tu, que com teus admiráveis escritos e doutrina e excelentíssimas virtudes és o gozo dos coros angélicos, terror dos hereges e dos espíritos infernais, cujo nome temem, e com seus estupendos milagres e graças é o refugio e consolo de seus devotos.

Rogai a Jesus, em especial, ó glorioso santo, que eu encontre minha alma gêmea, meu amor, para sermos felizes e caminharmos juntos por toda a vida. Para que quando velhos e anciãos possamos ainda com vigor e amor louvar este glorioso santo que nos uniu.

Cure os doentes, sossegue o mar, suste a ira do Senhor. Redima os encarcerados, a miséria; recupere bens perdidos, encontre os amigos e parentes perdidos. Dê saúde aos anciãos, retire-nos o perigo, remedeie os pobres.

Antônio divino e santo, Rogai a Jesus Cristo por nós, para que sejamos dignos das promessas de Cristo.

Amém.

A Nossa Senhora da Defesa para ter proteção contra todos os males e demônios

Nossa Senhora da Defesa, Virgem Poderosa, recorro à vossa proteção contra todos os assaltos do inimigo, pois vós sois o terror das forças malignas. Eu seguro no vosso manto e me refugio debaixo dele para estar guardado, seguro e protegido de todo o mal.

Mãe Santíssima, refúgio dos pecadores, vós recebestes de Deus o poder de esmagar a cabeça da serpente infernal e, com a espada levantada, afugentar os demônios que querem acorrentar os filhos de Deus.

Curvado sobre o peso dos meus pecados, venho pedir a vossa proteção, hoje e em cada dia da minha vida, para que, vivendo na luz do vosso Filho, nosso Senhor Jesus Cristo, eu possa, depois dessa caminhada terrena, entrar na pátria celeste.

Amém.

De Santa Luzia

Ó Santa Luzia, que preferistes deixar que os vossos olhos fossem vazados e arrancados antes de negar a fé e conspurcar vossa alma; Deus, com um milagre extraordinário, vos devolveu outros dois olhos sãos e perfeitos para recompensar vossa virtude e vossa fé, vos constituindo protetora contra as doenças dos olhos.

Agora, eu recorro a vós para que protejais minhas vistas e cureis a doença dos meus olhos. Ó, Santa Luzia, conservai a luz dos meus olhos para que eu possa ver as belezas da criação.

Conservai também os olhos de minha alma, a fé, pela qual posso conhecer o meu Deus, compreender os Seus ensinamentos, reconhecer o Seu amor para comigo e nunca errar o caminho que me conduzirá para onde vós, Santa Luzia, vos encontrais, em companhia dos anjos e santuário.

Santa Luzia, protegei meus olhos e conservai minha fé.

Amém.

Ao Bom Jesus de Pirapora

Senhor, que chamamos Bom Jesus, contemplando o mistério da dor, lembrado na vossa imagem. Renovamos a nossa fé. Vós nos amastes até o fim; sois o Senhor vivo no meio de nós.

Dai-nos o Espírito Santo, que forme o nosso coração na obediência ao Pai, na fidelidade à vossa Palavra, no amor aos irmãos. Senhor, atendei aos nossos pedidos (fazer os pedidos). E, na luta de cada dia, no sofrimento, em todas as dificuldades, ficai sempre conosco, mostrai que sois o Bom Jesus.

Amém.

A Nossa Senhora Aparecida

Nesse momento de desespero, com o coração em brasas e a cabeça ardente de preocupação, só a Ti, santa mãe de Jesus, posso recorrer. Nossa Senhora Aparecida, mãe de todos os brasileiros, senhora misericordiosa, fazei com que eu seja digno de ser atendido (fazer o pedido desejado). Vinde e derramai a luz da sua pureza sobre mim, para que eu seja merecedor de tal graça.

Nossa Senhora, querida Mãe da purificação, em nome de seu amado Filho Jesus Cristo eu peço (fazer o pedido novamente).

Nossa Senhora, amada Mãe, desejo que a luz da Divina pureza, da qual fostes a portadora do merecimento de ser mãe de Cristo, cresça e resplandeça em todo o meu ser e em toda a minha família.

Que assim seja, em nome de Jesus.

Amém.

Conselhos de Dom Bosco para ter uma vida longa

Um dia perguntaram a Dom Bosco o que era preciso fazer para ter vida longa, no que ele respondeu:

- Eu darei a vocês um segredo, ou melhor, uma prescrição. Será a resposta para a pergunta e beneficiará a todos. Para ter uma boa saúde e viver longamente você precisa de quatro coisas:

1. Uma consciência limpa quando for dormir;
2. Moderação ao comer;
3. Uma vida ativa;
4. Boas companhias (é preciso se afastar daqueles que podem te corromper).

Assim você terá, filho, uma vida longa e feliz.

A Nossa Senhora do Perpétuo Socorro

Ó Mãe do Perpétuo Socorro, eis aqui aos vossos pés um pobre pecador que recorre a vós e vos deposita a sua confiança. Ó Mãe de misericórdia, tende piedade de mim. Sei que todos vos chamam *o refúgio e a esperança dos pecadores*; sede também o meu refúgio e a minha esperança.

Socorrei-me, pelo amor de Jesus Cristo. Dai a mão a um pobre pecador que se vos entrega e se consagra para sempre ao vosso serviço. Louvo e agradeço a Deus que, pela sua misericórdia, me inspirou uma grande confiança em Vós. Vejo nesta confiança o penhor de minha eterna salvação.

Confesso que tenho caído muitas vezes em pecado, por não ter recorrido a Vós, mas com o Vosso socorro serei sempre vitorioso. Sei que me haveis de ajudar, se me recomendar a Vós. Mas, nas ocasiões perigosas, temo não Vos invocar e causar, assim, a perda de minha alma.

Peço-Vos, encarecidamente, que me concedais a graça, quando o demônio me tentar, de recorrer a Vós repetindo: Ó, Maria do Perpétuo Socorro, não permitais que eu perca o meu Deus.

Amém.

Pedindo proteção a São Jorge

Eu andarei vestido e armado com as armas de São Jorge para que meus inimigos, tendo pés, não me alcancem; tendo mãos, não me peguem; tendo olhos, não me vejam e que nem em pensamentos eles possam me fazer mal.

Armas de fogo não alcançarão o meu corpo. Que facas e lanças se quebrem sem meu corpo tocar; cordas e correntes se arrebentem sem meu corpo amarrar.

Jesus Cristo, me defenda e me proteja com o poder de Tua santa e divina graça. Virgem de Nazaré, me cubra com teu manto sagrado e divino, protegendo-me em todas as minhas dores e aflições. Deus, com Tua divina misericórdia e grande poder, seja meu defensor contra as maldades e perseguições dos meus inimigos.

Glorioso São Jorge, em nome de Deus, estenda-me o teu escudo e as tuas poderosas armas, defendendo-me com sua força e com sua grandeza. Que, debaixo das patas de teu fiel cavalo, meus inimigos fiquem humildes e submissos a ti.

Assim seja com o poder de Deus, de Jesus e da falange do Divino Espírito Santo.

Amém.

A Nossa Senhora pelas crianças

Ó Maria, mãe de Deus e nossa Mãe Santíssima, abençoai nossas crianças que vos são consagradas. Guardai-as com cuidado maternal, para que nenhuma delas se perca. Defendei-as contra as ciladas do inimigo e contra os escândalos do mundo para que sejam sempre humildes, mansas e puras.

Ó mãe nossa, Mãe de misericórdia, rogai por nós e, depois desta vida, mostrai-nos Jesus, o bendito fruto de vosso ventre. Ó clemente, ó piedosa, ó sempre doce Virgem Maria.

Amém.

Para invocar Nossa Senhora Aparecida

Nossa Senhora Aparecida, o Brasil é vosso! Rainha do Brasil, abençoai a nossa gente, tende compaixão do nosso povo! Socorrei os pobres, consolai os aflitos, iluminai os que não têm fé!

Convertei os pecadores, curai os nossos enfermos, protegei as criancinhas!

Lembrai-vos dos nossos parentes e benfeitores!

Guiai a mocidade, guardai nossas famílias, visitais os encarcerados!

Norteai os navegantes, ajudai os operários!

Orientai o nosso Clero, assisti os nossos bispos, conservai o Santo Padre, defendei a Santa Igreja!

Esclarecei o nosso Governo, ouvi os que estão presentes!

Não vos esqueçais dos ausentes!

Paz ao nosso povo! Tranquilidade para a nossa terra! Prosperidade para o Brasil! Salvação a nossa Pátria!

Senhora Aparecida, o Brasil vos ama, o Brasil em vós confia! Senhora Aparecida, o Brasil tudo espera de vós! Senhora Aparecida, o Brasil vos aclama!

Salve, Rainha!

Amém.

Santo Frei Galvão

Deus Todo-poderoso, capaz de todos os milagres, ensinastes São Frei Galvão, nosso querido santo brasileiro, a proporcionar aos doentes que acorriam a ele como última esperança suas pílulas de cura, que em nenhum momento falharam, demonstrando Vosso grande amor aos homens por Vós criados.

Meu Santo frei Galvão, de quem a Igreja soube reconhecer os méritos aos olhos de Deus pai, canonizando-o e tornando-o nosso primeiro santo, interceda por nós junto à Virgem Santíssima para que consigamos nos livrar de todos os males físicos e mentais.

Prometemos aderir ao seu exemplo de receber sempre a Sagrada Eucaristia, seguindo seus passos de dedicação e propagação dos Evangelhos, cuidando dos enfermos, orando à Imaculada Virgem todos os dias de nossas vidas para alcançarmos a paz para as almas necessitadas.

Não permita que nos desviemos do bom caminho que nos levarão à Santíssima Trindade no dia da nossa morte.

Amém.

A Santa Maria Madalena, protetora das mães solteiras

Santa Maria Madalena, vós que ouvistes da boca de Jesus estas palavras: *Muito lhe foi perdoado porque muito amou... Vai em paz, os teus pecados estão perdoados*, alcançai-me de Deus o perdão dos meus erros e pecados, deixai-me participar do ardente amor que inflamou o vosso coração, para que eu seja capaz de seguir a Cristo até o Calvário, se for preciso. E que, assim, mais cedo ou mais tarde, eu tenha a felicidade de abraçar e beijar os pés do divino Mestre.

Como Jesus ressuscitado vos chamou pelo nome: "Maria!", que ele chame também pelo meu nome e eu nunca mais me desvie do Seu amor com recaídas nos erros do meu passado.

Santa Maria Madalena, eu vos peço esta graça, por Cristo, nosso Senhor.

Amém.

A Santa Rita de Cássia

Ó, poderosa Santa Rita, chamada de Santa dos impossíveis, advogada dos casos desesperados, auxiliar na hora extrema, refúgio na dor e salvação para os que se acham nos abismos do pecado e do desespero! Com toda a confiança, no vosso celeste patrocínio, a vós recorro no difícil e imprevisto deste caso que dolorosamente me aflige o coração.

Dizei-me, Santa Rita, não quereis auxiliar e consolar? Afastarei o vosso olhar piedoso do meu pobre coração angustiado? Vós bem sabeis, vós bem conheceis o que seja o martírio do coração. Pelos sofrimentos atrozes que padecestes, pelas lágrimas amarguíssimas que santamente chorastes, vinde em meu auxílio.

Falai, rogai, intercedei por mim – que não ouso fazê-lo – ao Coração de Deus, Pai de misericórdia e fonte de toda a consolação, e obtende-me a graça que desejo. (Mencionar a graça desejada).

Apresentada por vós, que sois tão cara ao Senhor, a minha prece será aceita e atendida certamente; valer-me-ei deste favor para melhorar minha vida e os meus hábitos, também para exaltar na terra e no Céu as misericórdias divinas.

Amém.

A São Estevão para afastar a inveja do lar

Ó Deus, pelos méritos de Santo Estevão eu Vos peço proteção contra os meus inimigos e aqueles que querem me apedrejar com inveja, calúnias, fofocas, ciúmes, falta de perdão e tantos outros males. Rogo-Vos para que Vossa mão poderosa me guie em todos os momentos de minha vida.

Santo Estevão, rogai por nós.

Amém.

A Nossa Senhora Desatadora dos Nós

Virgem Maria, mãe do belo amor, mãe que jamais deixa de vir em socorro a um filho aflito, mãe cujas mãos não param nunca de servir a seus amados filhos, pois são movidas pelo amor Divino e a imensa misericórdia que existe em teu coração, volta o teu olhar compassivo sobre mim e vê o emaranhado de nós que há em minha vida.

Tu bem conheces o meu desespero, a minha dor e o quanto estou amarrado por causa destes nós. Maria, mãe que Deus encarregou de desatar os nós da vida dos seus filhos, confio hoje a minha vida em tuas mãos. Ninguém, nem mesmo o maligno, poderá tirá-la do teu precioso amparo. Em tuas mãos não há nó que não possa ser desfeito.

Mãe poderosa, por tua graça e teu poder intercessor junto a teu Filho e meu libertador, Jesus, recebe hoje em tuas mãos este nó (fazer o pedido). Peço-te para desatá-lo para a glória de Deus, e por todo o sempre.

Vós sois a minha esperança. Ó Senhora minha, sois a minha única consolação dada por Deus, a fortaleza das minhas débeis forças, a riqueza das minhas misérias, a liberdade, com Cristo, das minhas cadeias. Ouve minha súplica. Guarda-me, guia-me, protege-me, ó seguro refúgio!

Maria, desatadora dos nós, rogai por mim.

Amém.

Senhor dos Passos

Meu Jesus, Senhor dos Passos, açoitado, coroado de espinhos, escarnecido e cuspido, condenado à morte carregando a Cruz, caído por terra, pregado na madeira: Vós sois a vítima das nossas iniquidades.

Eu quero acompanhar os Vossos dolorosos passos rumo ao Calvário, em cujo cimo consumiu-se a Vossa vida, mas do Vosso sacrifício brotou a nossa salvação. Senhor Jesus, perdoai as minhas maldades e apagai os pecados de todo o mundo. Meu Jesus, Senhor dos Passos, tende piedade de nós!

Vós que sois Deus, com o Pai, na unidade do Espírito Santo.

Amém.

A Santo Antônio para encontrar objetos perdidos

Eu vos saúdo, glorioso Santo Antônio, fiel protetor dos que em vós esperam. Já que recebestes de Deus o poder especial de fazer achar os objetos perdidos, socorrei-me neste momento, a fim de que, mediante Vosso auxílio, eu encontre o objeto que procuro, (dizer qual objeto você perdeu).

Alcançai-me, sobretudo, uma fé viva, uma esperança firme, uma caridade ardente e uma docilidade sempre pronta aos desejos de Deus. Que eu não me detenha apenas nas coisas deste mundo, saiba valorizá-las e utilizá-las como algo que foi emprestado; que eu lute, sobretudo, por aquelas coisas que ladrão nenhum pode nos arrebatar e nem iremos perder jamais, a nossa fé.

Assim seja.

Amém.

A Santa Teresinha do Menino Jesus

Ó, minha santinha das rosas, padroeira das missões e doutora da Igreja, que em vida fizestes a vontade do Cristo através da tua vida simples e silenciosa, abre as portas que se fecham em minha vida. Derrama as tuas rosas em meu caminho de espinhos. Acende uma luz nas noites escuras da minha vida. Cura-me das doenças do corpo e da alma. Ajuda-me a ter coragem de dizer sim quando for para minha felicidade e não para todo tipo de morte.

Abençoai-me, protegei-me e defendei-me na minha missão. Ouve esta minha oração (fazer o pedido). Como prova do meu amor para com Cristo e a Sua mãe, a Virgem do Carmo, quero Te ofertar uma rosa na Igreja mais próxima onde estiver sua imagem, e agradecer por ter me atendido.

Por Nosso Senhor Jesus Cristo, na unidade do Espírito Santo.

Amém.

Pedindo paz a Santo Agostinho

Bem-aventurado Santo Agostinho, lembrai-vos, na vossa glória, dos pobres pecadores. Como vós outrora, eles hoje trilham os caminhos do mal, arrastados pela ignorância ou pelas paixões. Compadecei-vos deles e fazei com que, nas suas mentes e nos seus corações, irradie a luz da verdade e triunfe a força da graça, a fim de que, à vossa imitação, quebrem os grilhões do pecado que os escravizam e espantem as trevas do erro que os sufoca. Vencidos pela ternura das consolações divinas, que a Deus se convertam e vivam como filhos obedientes e soldados destemidos da Igreja.

Assim seja.

Amém.

A Santa Bárbara para livrar-se das tempestades, raios, explosões e morte de forma trágica

Ó, Santa Bárbara, que és mais forte que as torres das fortalezas e a violência dos furacões, faz com que os raios não me atinjam, os trovões não me assustem e o toar dos canhões não abalem minha coragem e bravura.

Fica sempre ao meu lado para que eu possa enfrentar de fronte erguida e rosto sereno todas as tempestades e as batalhas da minha vida. Para que, vencedor de todas as lutas, com consciência do dever cumprido, possa agradecer a ti, minha protetora, e render graças a Deus, criador do Céu e da Terra.

Esse Deus que tem o Poder de controlar o furor das tempestades e abrandar a crueldade das guerras.

Amém.

A Santa Edwiges, protetora dos pobres e dos endividados

Santa Edwiges, que foste na Terra amparo dos pobres e desvalidos, socorro dos endividados, e estais agora no Céu, onde gozas o eterno prêmio da caridade que praticastes, confiante vos peço: seja a minha advogada para que junto a Deus eu obtenha a graça de (Faça o seu pedido) e, por fim, a graça suprema da salvação eterna.

Santa Edwiges, por amor de Jesus Crucificado, fazei vossas as minhas aflições e minhas angústias; apressai-vos em socorrer-me.

Santa Edwiges, por amor de Jesus, Maria e José, fazei vossas as minhas aflições e minhas angústias, e apressai-vos em socorrer-me.

Santa Edwiges, por vossa Santa Vida, por vossa Santa Morte, fazei vossas as minhas aflições e minhas angústias, e apressai-vos em socorrer-me.

Amém.

São Fortunato para assuntos financeiros, atraso de vida e falta de sorte

Deus vos salve, ó, glorioso São Fortunato, advogado dos pobres e de todos os que sofrem necessidades. Seja eu enriquecido da graça de Deus, que fuja de mim a pobreza, que fuja de mim qualquer atraso em minha vida, que fuja de mim a má sorte. Em nome do Pai, do Filho e do Espírito Santo.

Ó, Deus Pai, cheio de misericórdia e bondade, socorre-me nas minhas necessidades. Ó, Deus de clemência, tende compaixão na pobreza, na miséria, na indigência, nas dores e enfermidades, por intercessão do Vosso servo e glorioso São Fortunato, que pobre nasceu, pobre viveu, com Vossa divina proteção santamente enriqueceu e foi abençoado de frutos, honras, glórias e riqueza.

Que o Santo Anjo da minha Guarda e a Virgem Maria livrem-me de todas as desgraças desta vida. Pragas, dores e maldições longe de mim estão, digo com o poder de Deus Pai, Deus Filho, Deus Espírito Santo. Tenho de Deus a Sua proteção, a Sua benção e Sua divina graça e auxilio.

Amém.

A Santo Antônio Maria Claret contra qualquer tipo de violência

Ó, glorioso santo, vós que em vida sofrestes tantos tipos de violência e perseguições, como atentados, assaltos e ameaças de morte, mas que, pela vossa fé e confiança em Deus e no Imaculado Coração de Maria, todas as vezes vos livrastes desses males, intercedei por mim e livrai-me to perigo de ser assaltado, roubado ou sequestrado.

Afastai de mim e de minha família toda espécie de violência física e moral.

Amém.

Ao Imaculado Coração de Maria

Coração Imaculado de Maria, transbordante de amor a Deus e à humanidade, de compaixão pelos pecadores, consagro-me inteiramente a Vós. Vos confio a salvação de minha alma. Que meu coração esteja sempre unido ao vosso, para que me separe do pecado, ame mais a Deus e ao próximo e alcance a vida eterna juntamente com aqueles que amo.

Medianeira de todas as graças, Mãe de misericórdia, recordai o tesouro infinito que vosso divino Filho tem merecido com seus sofrimentos e que nos confiou a vós como seus filhos. Cheios de confiança em vosso maternal Coração, que venero e amo, acudo a vós em minhas necessidades.

Pelos méritos de vosso amável e imaculado Coração e por amor ao Sagrado Coração de Jesus, obtende a graça que peço: (pedir a graça desejada).

Mãe amadíssima, se o que peço não for conforme a vontade de Deus, intercedei para que se conceda o que seja para a maior glória Dele e para o bem de minha alma. Que eu experimente a bondade maternal de vosso coração e o poder de vossa pureza intercedendo ante Jesus, agora em minha vida e na hora de minha morte.

Coração de Maria, perfeita imagem do Coração de Jesus, fazei com que nossos corações sejam semelhantes aos vossos.

Amém.

Ao Santo Frei Antônio de Sant'Ana Galvão

Antônio de Sant'Ana Galvão, extraordinária caridade com os enfermos, os aflitos e os escravos de sua época no Brasil, dai-me o vosso espírito de amor para que eu saiba suportar com paciência meus sofrimentos.

Intercedei junto a Jesus Cristo, que tanto amastes, e neste momento de dor (fazer o pedido). Que não me falte a força e a coragem de suportar a doença. Fortalecei meu ânimo, para que, passando pelo sofrimento, eu possa me purificar dos meus pecados e também ajudar meus irmãos mais necessitados.

Amém.

Maria Passa na Frente

Maria, passa na frente e vai abrindo estradas e caminhos. Abrindo portas e portões. Abrindo casas e corações.

A mãe vai indo na frente dos filhos, estando protegidos, seguem seus passos. Ela leva todos os filhos sob sua proteção. Maria, passa na frente e resolve aquilo que somos incapazes de resolver. Mãe, cuida de tudo o que não está ao meu alcance. Tu tens poderes para isso.

Vai, mãe, vai acalmando, serenando e amansando corações. Vai acabando com ódios, rancores, mágoas e maldições. Vai terminando com dificuldades, tristezas e tentações. Vai tirando teus filhos das perdições.

Maria, passa na frente e cuida de todos os detalhes. Cuida, ajuda e protege a todos os filhos. Maria, és mãe e vai abrindo o coração das pessoas e as portas dos caminhos. Maria, eu te peço, passa na frente e vai me conduzindo, levando, ajudando e curando os filhos que precisam de ti.

Ninguém pode dizer que foi decepcionado por ti depois de ter te chamado ou invocado o teu nome. Só tu, com o poder de teu Filho, podes resolver as coisas difíceis e impossíveis.

Maria! Faço essa oração pedindo: Passa na Frente.

Amém.

Vinde Espírito Santo

Vinde, Espírito Santo, enchei os corações dos vossos fiéis e acendei neles o fogo do Vosso Amor. Enviai o Vosso Espírito e tudo será criado, renovareis a face da terra.

Oremos: Ó Deus, que instruíste os corações dos Vossos fiéis, com a luz do Espírito Santo, fazei com que apreciemos corretamente todas as coisas segundo o mesmo Espírito e gozemos da Sua consolação.

Por Cristo Senhor Nosso.

Amém.

A Nossa Senhora das Lágrimas

Eis-nos aos Vossos pés, ó dulcíssimo Jesus Crucificado, para Vos oferecer as Lágrimas d'Aquela que, com tanto amor, Vos acompanhou no caminho doloroso do calvário.

Fazei, ó bom Mestre, com que nós saibamos aproveitar a lição que elas nos dão, para que, realizando a Vossa Santíssima vontade na terra, possamos um dia, nos céus, Vos louvar por toda a eternidade.

Amém.

A Santo Onofre, protetor dos Alcoólicos Anônimos

Ó, Santo Onofre, que pela fé, penitência e força de vontade vencestes o vício do álcool, concedei-me a força e a graça de resistir à tentação da bebida. Livrai-me do vício, que é uma verdadeira doença e afeta também os meus familiares e os meus amigos.

Abençoai os "Alcoólicos Anônimo", para que conservem firme o propósito de viver afastados da bebida e de ajudar os seus semelhantes a fazer o mesmo. Virgem Maria, mãe compassiva dos pecadores, socorrei-nos!

Santo Onofre, rogai por nós.

Amém.

Antiga oração ao Anjo Guardião

Anjo da Paz, Anjo da Guarda, a quem tenho por padrinho celestial; meu pai espiritual, meu vigilante, minha sentinela atenta e inspiradora de medo aos meus inimigos: graças vos dou por ter me livrado de inúmeros perigos, por ter velado enquanto eu dormia, por ter me acompanhado durante o dia e me aconselhado nos momentos difíceis.

Amigo meu, mensageiro do Céu, protetor destemido, muro forte de minha alma e confortador invisível, ajuda-me sempre, acompanha-me eternamente.

Amém.

A São José

Ó, glorioso São José, modelo de todos os que se dedicam ao trabalho, obtende-me a graça de trabalhar com espírito de penitência para expiação de meus numerosos pecados; de trabalhar com consciência, pondo o culto do dever acima de minhas inclinações; de trabalhar com recolhimento e alegria, olhando como uma honra empregar e desenvolver pelo trabalho os dons recebidos de Deus. Ajuda-me a trabalhar com ordem, paz, moderação e paciência, sem nunca recuar perante o cansaço e as dificuldades; trabalhar sobretudo com pureza de intenção e com desapego de mim mesmo, tendo sempre diante dos olhos a morte e a conta que deverei dar do tempo perdido, dos talentos inutilizados, do bem omitido e da vã complacência nos sucessos, tão funesta à obra de Deus!

Tudo por Jesus, tudo por Maria, tudo à vossa imitação, ó patriarca São José!

Amém.

Nossa Senhora da Medalha Milagrosa

Ó, Imaculada Virgem Mãe de Deus e nossa mãe, contemplamo-vos de braços abertos derramando graças sobre os que as pedem a vós, cheios de confiança na vossa poderosa intercessão inúmeras vezes manifestada pela Medalha Milagrosa, embora reconhecendo a nossa indignidade por causa de nossas inúmeras culpas. Acercamo-nos de vossos pés para vos expor, durante esta oração, as nossas mais prementes necessidades (momento de silêncio e de pedir a graça desejada).

Concedei, pois, ó Virgem da Medalha Milagrosa, este favor que confiantes vos solicitamos, para maior glória de Deus, engrandecimento do vosso nome e o bem de nossas almas. E, para melhor servirmos ao vosso Divino Filho, inspirai-nos profundo ódio ao pecado dando-nos coragem de nos afirmar sempre como verdadeiros cristãos.

Amém.

A São Francisco de Sales pelas gestantes

Ó Deus eterno, Pai de infinita bondade, que instituístes o casamento para propagar o gênero humano e povoar o Céu e destinastes principalmente o nosso sexo para essa tarefa, querendo que nossa fecundidade fosse uma das marcas de vossa benção sobre nós, eu me prosterno, suplicante, diante de São Francisco de Sales, que eu adoro, para pedir graças pela criança que eu levo.

Estendei a Vossa mão e completai a obra que Vós começastes: que Vossa Providência leve comigo, por meio de uma contínua assistência, a frágil criatura que me confiastes, até a hora de sua chegada ao mundo. Nesse momento, ó Deus de minha vida, assisti-me e sustentai minha fraqueza com Vossa mão poderosa.

Ó São Francisco de Sales, que sois encarregado de velar por mim e por meu filho, protegei-nos e conduzi-nos a fim de que, pela vossa assistência, possamos um dia chegar à glória da qual vós já gozais, para louvar convosco nosso Senhor comum, que vive e reina por todos os séculos dos séculos.

Amém.

A Santo Antônio pedindo a graça de arrumar um namorado

Meu grande amigo Santo Antônio, tu que és o protetor dos namorados, olha para mim, para a minha vida, para os meus anseios. Defende-me dos perigos, afasta de mim os fracassos, as desilusões, os desencantos.

Faz com que eu seja realista, confiante, digna e alegre. Que eu encontre um namorado que me agrade, seja trabalhador, virtuoso e responsável.

Que eu saiba caminhar para o futuro e para a vida a dois com as disposições de quem recebeu de Deus uma vocação sagrada e um dever social. Que meu namoro seja feliz e meu amor, sem medidas.

Que todos os namorados busquem a mútua compreensão, a comunhão de vida e o crescimento na fé.

Assim seja.

Amém.

A Nossa Senhora do Bom Parto pedindo um parto feliz

Ó Maria Santíssima, Vós, por um privilégio especial de Deus, fostes isenta da mancha do pecado original e, devido a este privilégio, não sofrestes os incômodos da maternidade, nem no tempo de gravidez nem no parto, mas compreendeis perfeitamente as angústias e aflições das pobres mães que esperam um filho, especialmente nas incertezas do sucesso ou insucesso do momento da vinda do bebê.

Olhai por mim, vossa serva, que, na aproximação da boa hora, sofro com angústias e incertezas. Dai-me a graça de ter um parto feliz. Fazei com que meu bebê nasça com saúde, forte e perfeito. Eu vos prometo orientar meu filho sempre pelo caminho que vosso filho, Jesus, traçou para todos os homens – o caminho do bem.

Virgem Mãe do Menino Jesus, agora me sinto mais calma e mais tranquila porque já sinto a vossa maternal proteção. Nossa Senhora do Bom Parto, rogai por mim.

Amém.

A São Cosme e São Damião pedindo proteção às crianças

São Cosme e São Damião, que por amor a Deus e ao próximo vos dedicastes à cura do corpo e da alma de vossos semelhantes, abençoai os médicos e farmacêuticos, medicai o meu corpo na doença e fortalecei a minha alma contra a superstição e todas as práticas do mal.

Que vossa inocência e simplicidade acompanhem e protejam todas as nossas crianças. Que a alegria da consciência tranquila, que sempre vos acompanhou, repouse também em meu coração. Que a vossa proteção, São Cosme e São Damião, conserve meu coração simples e sincero, para que sirvam também para mim as palavras de Jesus: *Deixai vir a mim os pequeninos, pois deles é o Reino dos Céus.*

São Cosme e São Damião, rogai por nós.

Amém.

A São Pancrácio para livrar-se de dores no corpo

Que pelo sangue dos mártires, de modo especial de São Pancrácio, padroeiro dos trabalhadores, dos jovens e das crianças, amparo dos idosos e intercessor dos enfermos, Deus me conceda a graça que eu Vos peço, de acabar com todas essas dores que sinto em meu corpo.

Rogai por nós para que sejamos dignos das promessas de Cristo.

Amém.

Da Santa Cruz contra os perigos na rua

Salvo fui, salvo sou e salvo sempre serei, pois à sombra da Santa Cruz eu me protegerei. Nenhum perigo há de me alcançar, quando sair ou ao voltar, pois como eu vou, eu voltarei e nenhum mal encontrarei.

A Santa Cruz me protege de todo mal, aonde eu for e em todo o canto, com a graça de Deus, de Jesus Cristo e do Espírito Santo.

Amém. (Fazer o sinal da cruz).

De Proteção

Vem, Espírito Santo, e ilumina nossa mente com a luz do céu. Remove todos os obstáculos que possam existir em nós e que nos impeçam de caminhar na luz.

Enche-nos de esperança renovada. Fortalece-nos para que possamos permanecer firmes na verdade de Cristo. Ajuda-nos a usar com sabedoria os dons recebidos, para a honra e glória de Deus.

Senhor Jesus, nós Te convidamos a entrar em nosso coração e em nossa alma; em nosso corpo e em nossa mente. Pedimos a Ti que caminhes conosco em nossa jornada por este mundo repleto de pecado e de escuridão. Ajuda-nos a ficar sempre em união Contigo e com o Espírito Santo. Que nossa vontade se una à Tua para fazer a vontade de Teu Pai, nosso Pai Celestial.

Amado Pai, humildemente nos submetemos a Ti e pedimos que veles por nós e nos protejas de todo mal. Aceitamos prontamente tudo aquilo que em Tua providência nos tens dado. Nós Te amamos e sabemos que Tu nos amas. Ajuda-nos a conhecer cada vez mais o amor, à medida que somos iluminados pela luz de Cristo.

Maria, Mãe querida, pedimos que venhas e fiques conosco. Nós te convidamos a entrar em nosso coração e pedimos que nos conduzas cada vez para mais perto do teu Filho e nosso Salvador, Jesus Cristo. Como nossa Mãe no céu, vela por nós e envia teus anjos para que nos guardem e nos protejam.

Pedimos que conduzas os santos a constantemente intercederem por nós junto ao Pai. Como nossa Mãe amadíssima, intercedas sempre por nós junto às três pessoas da Santíssima Trindade, de modo que possamos caminhar fiel e vitoriosamente pelo caminho da vida.

Rezemos, em nome de Jesus.

Amém! Aleluia! Amém!

Livrar-se das dificuldades no amor

São Valentim, patrono do amor, lance seus olhos bondosos sobre mim. Impeça que maldições e heranças emocionais de meus antepassados, assim como erros que tenham cometido no passado, perturbem minha vida afetiva.

Desejo ser feliz e fazer as pessoas felizes. Ajude-me a entrar em sintonia com minha alma gêmea, para que possamos desfrutar o amor, abençoados pela providência Divina.

Peço a tua intercessão poderosa, junto a Deus e Nosso Senhor Jesus Cristo.

Amém.

Para vencer a solidão

Senhor, busco-O nesse silêncio. Chamo-O, meu Deus, em minha solidão. Preciso encontrá-Lo, renovar minha fé e poder saber o porquê desta solidão dentro do meu coração.

Senhor, ensina-me a tirar proveito dessa solidão. Fala comigo. Quero buscar a Tua luz e com ela iluminar o meu sorriso, encher a minha alma de alegria, poder buscar a companhia dos meus familiares e viver o amor ao lado dos meus entes queridos.

Que esta solidão com Deus me seja proveitosa.

Amém.

Libertação das dores das decepções

Senhor, às vezes sinto vontade de desistir de tudo: tudo me parece sem valor, não consigo progredir, não vejo com otimismo meu futuro. Quantas decepções tive e quanto meu coração se encontra machucado!

Acreditei no amor de quem me dizia amar e vi meu castelo desabar em fartas ruínas. Acreditei na felicidade e me deparei com uma imensa dor. Acreditei na amizade e quanto fui decepcionada!

Por estas razões, Senhor, estou diante de Vós, pedindo-Vos que eu volte a acreditar que um dia possa ser feliz. Sinto um imenso medo de sofrer de novo e acredito que já não teria estrutura alguma frente a uma nova decepção.

Embora sabendo que nas amargas horas consigo avaliar melhor a vida e minhas atitudes, sinto-me triste. Fazei, Senhor, com que eu consiga sonhar um novo sonho e que este se torne real como tanto desejo.

Curai as chagas de meu coração, que tanto padece de solidão e angústia. Trazei-me de volta a alegria de amar, viver, recomeçar. Colocai em minha alma de volta a esperança, a paz, a alegria, a fortaleza de quem sabe que o sol brilha todos os dias, mas a cada manhã de forma diferente. Diante das noites escuras, que eu me lembre de que quanto mais é escura a noite, melhor posso ver as estrelas.

Tornai-me em tudo novo, Senhor. Eliminai de mim tudo o que maltrata minha alma e colocai no lugar santos e firmes alicerces, que me levem a nunca desistir de ser feliz.

Concedei-me Vossa constante proteção. Sendo Rei e meu Pai, estendei Vossas mãos generosas para este Vosso servo e filho, que tanto Vos ama.

Amém.

Para se libertar da ansiedade

Senhor meu Deus, não fiques longe de mim! Meu Deus, vem em meu socorro, pois estou mergulhado em pensamentos e temores que afligem a minha alma! Sou uma pessoa ansiosa, não consigo esperar por nada sem ficar aflito e cheio de maus pensamentos. Como posso libertar-me?

Estou cercado! Diz o Senhor: *Eu caminho à tua frente e humilho os poderosos da terra, abro as portas às prisões e te revelo o segredo dos santos.* Faze, o Senhor, como dizes: que contigo vá embora todo pensamento ruim.

É essa a minha esperança, esta, a minha única consolação: Refugiar-me em Ti nas tribulações e depositar em Ti a minha confiança, invocando-te desde o mais profundo do meu coração e esperando com paciência o conforto da Tua consolação.

Amém.

Para libertação

Ó Senhor, Tu és grande, Tu és Deus, Tu és Pai. Nós Te pedimos que pela Tua intercessão e com o auxílio dos Arcanjos Miguel, Rafael e Gabriel, nossos irmãos e irmãs sejam libertados do maligno, da angústia, da tristeza, da obsessão. Nós te pedimos, liberta-os, Senhor, do ódio, da inveja. Nós te pedimos, liberta-os, Senhor, dos pensamentos de ciúmes, de raiva, de morte.

Nós te pedimos, liberta-os, Senhor, de cada pensamento de suicídio e aborto. Nós te pedimos, liberta-os, Senhor, de cada forma de aprisionamento sexual. Nós te pedimos, liberta-os, Senhor, da divisão da família, de cada amizade mesquinha. Nós te pedimos, liberta-os, Senhor, de cada forma de malefício, de feitiçaria, de bruxaria e de quaisquer males ocultos.

Nós te pedimos, liberta-os, Senhor.

Amém.

Para a cura de lembranças ruins

Senhor Deus, Pai amado, Senhor do universo. Ao Senhor, todo meu louvor. Pai, Senhor da força, detentor de honra e glória, peço-vos fortemente pela cura de traumas. Sim, Deus, existem coisas que somente o Senhor pode curar, transformar, renovar e fechar.

Fazei a cura necessária à vida, dai descanso na alma e mente dos Vossos filhos. Sim, Senhor, tudo podes, creio nisso. Vinde livrar os cativos, liberta-os das lembranças dolorosas que não se fecham.

Colocai, meu Pai amado, as Suas chagas em nossas vidas, em nossas almas, e que Seu sangue nos cure e nos cicatrize. Dai-nos colo de pai, aliviai a dor, fazei-nos esquecer o que vem à lembrança.

Curai tudo que estiver oculto, dai-nos vida, pai amado! Que possamos esquecer os momentos dolorosos, para que sejamos pessoas livres e felizes no caminho da vida. Livres para vos louvar, para Vos bendizer, para viver. Livres para voar. Livres. Libertos.

Amém.

Para o dia de finados

Ó, meu Deus! Ó, Tu que perdoas os pecados! Tu que concedes dádivas e afastas aflições! Suplico-Te, verdadeiramente, que perdoes os pecados dos que abandonaram as vestes físicas e ascenderam ao mundo espiritual.

Ó, meu Senhor! Purificai-os das transgressões; as tristezas desvanecei e transformai sua escuridão em luz. Permiti que entrem no jardim da felicidade, purifiquem-se com a água mais límpida e, no mais sublime monte, contemplem Teus esplendores.

Amém.

Para sair de casa

Pai Nosso Pequenino,
guiai-me no bom caminho.

Deus na minha guia,
os anjos na minha companhia.

Livrai-me de todo o mal
e me protejei de noite e de dia.

Livrai-me dos inimigos, Ave-Maria!

Pedir para a Virgem Maria guiar seus passos

Minha Virgem Santíssima, olhai por todos nós, que somos tão cheios de pecado perto de vossa imensa pureza e da bondade e dignidade de Vosso filho Jesus Cristo.

Não nos deixeis desamparados diante daqueles irmãos invejosos, vingativos, traidores, que fazem qualquer coisa para alcançar o que querem na vida: passam por cima de pai, mãe, filhos e amigos para satisfazerem suas luxúrias.

Virgem Mãe Poderosíssima, acolhei-nos em vossos braços, assim como fizestes com vosso Filho, Jesus Cristo. Dai-nos, senhora, a vossa benção infinita.

Que assim seja.

Amém.

Pedindo proteção para todos os momentos

Grandioso Deus, Pai de amor e bondade, venho à Tua presença pedir proteção. Que Teu anjo acampe ao meu redor, livrando-me de todo perigo. Que eu não tema as trevas, que eu não tema o homem, que eu não tema o mal. Ao seguir o meu caminho, que eu possa sentir a Tua presença, Tua forte mão amparando-me, sustentando-me, protegendo-me.

Que Tu sejas o meu escudo, meu refúgio contra as tempestades, o guardião de minha vida. Que estejas na minha frente, sejas a minha retaguarda, estejas sobre mim. Que Tua mão me esconda nos dias ruins. Guarda meu lar e meus entes queridos.

Desde já agradeço a Tua proteção.

Amém.

Para tomar decisões

Senhor, é tão difícil tomar decisões! Tenho medo de errar, de não poder voltar, de não saber decidir. Por isso, meu Deus, peço a Tua orientação. Instrui a minha mente, abre os meus olhos para enxergar a direção certa. Na hora de fazer uma escolha, Senhor, que a Tua sabedoria me guie.

Tenho certeza de que minhas decisões só trarão benefícios e alegrias para todos. Na hora de decidir, pedirei a Ti, com a convicção de que falarás ao meu coração. Confiante no Teu auxílio, seguirei meu caminho mais seguro.

Obrigado, Senhor.

Amém.

Poder de fé

Ando com São Pedro, porque tem a Chave do Céu: chave que fechará meu corpo para os inimigos carnais e espirituais. Chave que abrirá meus caminhos para a felicidade e o sucesso.

Ando com Nossa Senhora, Mãe de Jesus. Ela pisou na cabeça da serpente e esta não teve o poder de lhe ofender. Eu também tenho o poder de combater todos os meus inimigos.

Tenho a força e as bênçãos de Deus, que abrirá e iluminará meus caminhos. Que assim seja.

Amém.

Contra o medo da velhice

Ó, Divino Espírito Santo, Espírito de amor e de verdade, interceda por mim junto ao Senhor. Não quero mais sentir medo da velhice. Ficar pensando na chegada dessa fase em minha vida me assusta, Senhor, e me enfraquece a fé.

Hoje vejo como as pessoas envelhecidas são tratadas sem respeito pela maioria. Tenho medo, Senhor. Não quero olhar para a minha velhice incerta. Quero apenas olhar para o Senhor, com olhar fixo e confiante, no meio da tormenta e da dúvida.

Não me deixes ser engolido pelo medo da velhice, Senhor. Ainda que eu tenha de atravessar o vale da morte, não temerei, pois o Senhor vai comigo. Sei que o Senhor estará comigo sempre, para me livrar de todos os medos.

Levanta-Te Deus, pela intercessão da bem-aventurada Virgem Maria, de São Miguel Arcanjo com todas as milícias celestes e do Divino Espírito Santo. Que seja disperso o medo de envelhecer e fuja de mim o medo que me atormenta.

Em nome do Pai, do Filho e do Espírito Santo.

Amém.

Para ficar rico

Em nome do Nosso Senhor Jesus Cristo, Pai, Filho e Espírito Santo, que são um só Deus em essência, mas em três pessoas, eu Te invoco, Espírito benfeitor, para que me ajudes e me sustentes; para que protejas o meu corpo e a minha alma e aumente minhas riquezas.

Que sejas meu tesouro pela virtude da Santa Cruz da paixão e pela morte do Todo-poderoso. Eu Te peço, em nome dos anjos da corte celestial, pelos padecimentos da bem-aventurada Virgem Maria e pelo Senhor dos exércitos que há de julgar os vivos e os mortos. Imperador dos reis, Messias e Deus meu, a quem todos os santos invocam: e eu os aceito e bendigo, pois suplico. Pelo Vosso precioso sangue derramado por nós, atendei ao meu pedido e me faz próspero nas finanças.

Amém.

Contra o medo de perder o emprego

Meu Senhor, minha alma está perturbada e angustiada. O medo e o pânico de perder o emprego me fazem desesperar, tomam conta de mim e dos meus pensamentos. Preciso muito desse trabalho para poder dar o sustento à minha família, pois sou o provedor do meu lar.

Sei que isto acontece por causa da minha falta de fé, da falta de abandono nas Tuas mãos santas e por não confiar totalmente no Teu Poder Infinito. Perdoa-me, Senhor, e aumenta a minha fé. Não olha para as minhas faltas para com o próximo, muito menos para o meu egoísmo, pois sei que às vezes deixo isso acontecer.

Senhor Deus, me proteja e me guie.

Amém.

Contra o mau-olhado (fazer esta oração com a mão direita na cabeça da pessoa afetada)

Em nome do Pai, do Filho e do Espírito Santo. Deus nos criou, Deus nos sustenta, que Deus nos proteja.

Pelo poder maior, este mal irá embora. Pelo poder de Deus, este mal vai para fora.

Este mau olhado, pelo poder de Deus, vai ser anulado.

Se alguém te olhou com olhos ruins, invejosos, esses olhos hão de voltar para quem o mandou pela força e poder maior de Nosso Senhor Jesus Cristo. Que assim seja.

Amém.

Louvação de agradecimento

Em nome do Pai, do Filho e do Espírito Santo. Louvado seja Deus, pela graça que me concedeu (dizer qual foi a graça alcançada).

Louvado seja Nosso Senhor Jesus Cristo, por interceder por mim. Louvado seja o Espírito Santo, pela graça a mim concedida. Louvada seja a Virgem Maria, por interceder por mim, seu filho em Cristo. Louvada seja Nossa Senhora, minha protetora e padroeira, pela intercessão. Louvado seja meu Anjo da Guarda, protetor e guardião constante, pela sua intercessão. Louvadas sejam as Almas Benditas, sempre atentas ao sofrimento alheio e poderosas mensageiras da paz e do amor de Deus.

Por Nosso Senhor Jesus Cristo.

Amém.

Para encontrar felicidade

Senhor Jesus, tenho procurado por muito tempo o sentido da vida, a cada criatura tenho perguntado pela felicidade. Experimento, assim faminto, o sabor de alguma migalha, de um pedaço de pão. Mas não estou tão satisfeito.

Senhor, fizeste o meu coração para Ti, e ele está inquieto porque em Ti não encontra repouso.

Somente Tu, Senhor, podes me fazer feliz.

Senhor, dá-me para sempre a Tua alegria para que eu possa doá--la aos irmãos que choram.

Amém.

119

Para cortar os laços do passado

Pai, em nome de minha família, eu vos peço perdão por todos os pecados do espírito, por todos os pecados da mente e por todos os pecados do corpo. Peço perdão para todos os meus ancestrais. Peço o vosso perdão por todos aqueles a quem magoaram de alguma forma e aceito o perdão daqueles que os magoaram, em nome de meus ancestrais.

Pai Celestial, pelo Sangue de Jesus, hoje peço que leveis todos os meus parentes mortos à luz do céu. Eu agradeço, Pai Celestial, por todos os meus parentes e ancestrais que Vos amaram, Vos adoraram e transmitiram a fé aos seus descendentes. Obrigado Pai! Obrigado, Jesus! Obrigado, Espírito Santo!

Amém.

Desfaça os nãos

Amado Deus, por favor, faz com que os nãos que invadem o meu espírito, meu corpo, meu coração e minha mente sejam desfeitos.

Faz com que cada "não tem", "não pode", "não faç"a, "não merece" que dominam a minha mente sejam afastados pelo Teu poder e Tua misericórdia.

Recentemente, fizeram-me sentir que não sou nada, que nada me pertence, que não mereço nada. Desfaz, Senhor, e perdoa a ofensa. Por favor, faz com que cada "não vai", "não deve", "não convém"que penetram o meu coração sejam afastados.

Hoje, meu querido Deus, venho com humildade e reverência pedir que todos os nãos que encheram minha vida sejam desfeitos e apagados. Dou graças por Tua misericórdia e afirmo que sou uma criatura temente e pertencente a Ti.

Que nossa vida seja iluminada pela presença do Espírito Santo, tornando-se realidade em minha vida.

Amém.

Pelos sonhos e metas

Senhor Jesus, eu rezo neste momento para apresentar ao Senhor os meus sonhos e metas. Alguns desses sonhos são um desejo de realização, outros são precisões importantes, até urgentes. Abençoa os meus projetos e abre as portas para mim. Coloca-me em direção à concretização desses planos e me ensina o que eu necessito saber para alcançá-los.

Eu sei que o Senhor é o Deus que realiza o impossível, e creio que, se eu apresentar diante de Ti aquilo que tanto almejo, o Senhor me dará; por isso estou orando nesta hora. Mas, meu Deus, se algum desses sonhos ou projetos for algo que possa me prejudicar, ou uma ideia imatura, eu peço que o Senhor me dê a compreensão para enxergar e entender isso, e que o transforme no sonho que o Senhor planejou para minha vida.

Senhor, me ajuda a passar por toda a preparação que me espera no caminho dessas metas que tracei. Peço que me dê forças e não me deixe desistir, mesmo que em algum momento eu me sinta cansado.

No Teu nome, Senhor Jesus, eu peço e agradeço.

Amém.

Por uma nova chance

Senhor Jesus, eu me sinto envergonhado e já não sei o que fazer ou dizer. Peço apenas que o Senhor me dê uma nova chance. Eu sei que a misericórdia de Deus se renova a cada manhã, e é por ela que eu peço esta nova chance.

Reconheço todos os meus erros e peço perdão por tê-los cometido e por tê-los elaborado em meu coração. Coloca o Teu temor em meu coração! Faz-me lembrar dos Teus ensinamentos e mandamentos! Eu não quero deixá-Lo, nem quero me perder!

Senhor, me ajude, porque sozinho eu não tenho conseguido! Ajuda-me a vencer as tentações, desânimos e fraquezas. Limpa-me dos meus erros e me levanta na Tua presença. Eu creio em Ti, na Tua palavra e em tudo o que o Senhor pode fazer. Eu escolhi Te seguir e Te servir e não quero deixar que as coisas vãs me levem para longe do Senhor.

Meu pastor, clamo que me busques, me tires de onde estou, me sares e me cures; que não permitas mais que eu saia da Tua presença! Perdoa-me, Senhor Jesus!

Obrigado por me ouvir e por me dar esta nova chance, pela qual eu agradeço de todo meu coração!

Amém.

Contra o mau-olhado

O Olho da Luz me envolve, seu brilho me protege. Quebre, mau-olhado! Desfaça-se toda a intriga e a perfídia. Estou com a benção do Senhor. Estou dentro do manto do Senhor, nada me destruirá.

Amém.

Pedir proteção nas horas de necessidade, Salmo 91

Aquele que vive sob a proteção de Deus tem descanso. Em Ti, Senhor, tenho força, segurança e confiança, porque me livras de armadilhas e males. Tu me proteges em Teus braços de amor, és meu escudo. Não temo perigo nem de dia nem de noite.

Milhares podem cair ao meu redor, porém nada acontecerá comigo. Com os meus olhos eu vejo que os maus recebem o que merecem.

Eu, que Te amo e obedeço, recebo de Ti amor, proteção, segurança, libertação e vitórias. Ó, Senhor, Tu te fazes presente em todos os meus momentos difíceis. Me consola, me livra do mal e me faz feliz. Dá-me vida eterna, paz e vitória sobre o mal.

Obrigado, Senhor.

Amém.

Ajuda por uma pessoa desaparecida

Deus, em nome de Jesus, eu levanto um clamor, Senhor Pai amado. Deus Todo-poderoso, Deus que tudo sabe e tudo vê, Deus de cujos olhos nada passa despercebido, envia os teus anjos e ajuda os policiais, os investigadores, as pessoas que estão na missão de encontrar essa pessoa desaparecida (dizer o nome do desaparecido).

É muito grande o sofrimento de não saber onde se encontra uma pessoa, Senhor. Não saber se está bem, se precisa de alguma coisa, se está viva ou falecida. Envia os teus anjos em volta de (dizer o nome do desaparecido) e dá alívio a esta pessoa no que ela possa precisar.

Se estiver viva, traga-a de volta para seus familiares e amigos. Se estiver já falecida, que a família possa encontrar o corpo e poder sepultá-la. Dá alívio a esta alma, Senhor, envia um de Teus anjos. Envia Teus anjos também junto a nós, familiares e amigos desta pessoa, e ameniza o sofrimento, Senhor, pois grande é aflição de todos.

Eu bem sei, Senhor, que para Ti nada é impossível. Eu Creio! Senhor, sei que tudo podes. Graças a Deus! Assim Seja! Assim Será!

Amém.

Ao Divino Pai Eterno

Divino Pai Eterno, aqui estamos para prestar-Vos a nossa homenagem. Nós cremos em Vós, Pai Eterno, nosso Pai e nosso Criador. Confiamos em vossa bondade e poder. Queremos amar-Vos sempre, cumprindo Vossos mandamentos e servindo ao vosso Filho Jesus Cristo, na pessoa de nossos irmãos. Nós Vos damos graça pelo Vosso amor e pela Vossa ternura.

Vós nos atrais ao Vosso santuário e nos acolheis de braços abertos. Vós nos guiais com os ensinamentos do Vosso filho, nosso Senhor, e nos dais sempre o Vosso perdão. Divino Pai Eterno, queremos nos consagrar a Vós.

Nossas famílias, para que vivam em paz e harmonia.

Nossas casas, para que sejam iluminadas pela Vossa presença.

Nossas alegrias, para que sejam santificadas pelo Vosso amor.

Nossas preocupações, para que sejam acolhidas em Vossa bondade.

Nossas doenças, para que sejam remediadas com a Vossa misericórdia.

Nossos trabalhos, para que sejam fecundos com a Vossa bênção.

Divino Pai Eterno, recebei a homenagem da nossa fé, fortalecei a nossa esperança e renovai o nosso amor. Dai-nos o dom da paz e da fidelidade à Vossa Igreja. Pela intercessão de Nossa Senhora, mãe do Vosso querido filho, dai-nos a perseverança na fé e a graça da salvação eterna.

Amém.

Este livro foi composto nas fontes Adobe Caslon Pro e Charter,
e impresso em papel *Offset* 90g/m² na CLY.